가시나무새

황금알 시인선 170

가시나무새

초판발행일 | 2018년 4월 30일

지은이 | 전재욱
펴낸곳 | 도서출판 황금알
펴낸이 | 金永馥
선정위원 | 김영승 · 마종기 · 유안진 · 이수익
주간 | 김영탁
편집실장 | 조경숙
표지디자인 | 칼라박스
주소 | 03088 서울시 종로구 이화장2길 29-3, 104호(동숭동)
전화 | 02)2275-9171
팩스 | 02)2275-9172
이메일 | tibet21@hanmail.net
홈페이지 | http://goldegg21.com
출판등록 | 2003년 03월 26일(제300-2003-230호)

ⓒ2018 전재욱 & Gold Egg Publishing Company Printed in Korea

값은 뒤표지에 있습니다.

ISBN 979-11-86547-99-1-03810

가시나무새

전재욱 시집

황금알

어항 속의 전어 한 마리 끊임없이 물을 젓다가 움직임이
느려지고 바닥에 가라앉는 위기의 시점에 느닷없이
몸을 뒤집어 "은빛 옆구리를 보이는 회광반조의 순간"
제 죽음을 지불하고서 얻어내는 언어의 프리즌 브레이크

가슴을 통해
내 몸에 잉태된 이미지를 품고 끙끙 앓지 않고서는
단 한 줄의 시도 쓸 수 없듯이 제2집을 준비하면서
나는 그런 시를 쓰고 싶었다.

세월을 절뚝이며
그 어느 언어에 물들여져 별을 바라보는 마음이
열린다면 더더욱 즐거운 일이 아닐까?

차 례

2부 꺼지지 않는 불꽃

3부 갈매기 슬피 울지 않는다

1부

낭주골 연가

봄

겨울을 밀어내고
여린 잎이 돋는다

말춤으로
온 세상을 들썩이는 싸이도

아이스 링크에서 수천만 번
쓰러지던 네 바퀴 공중제비도

기계체조의 묘수를 터득한
비닐 집의 아들 양학선 선수도

비켜 돌아가는
휘우듬이 길이었다

굽었다 해서 먼 길만은 아니며
끊임없는 도전이더라

반짝이는

별에도 굽음이 배겨있다

허공의 곡선들이
봄을 거듭 호흡한다

씨앗 한 알

늦가을
햇볕이 정갈하다
옥상 바닥에
씨앗 한 알 뒹군다

어쩌다
콘크리트 바닥이 저의
터전이 되어
낮이면 소음에 시달리고
밤이면 이슬에 젖으며
저 홀로
푸른 꿈을 꾸는
저 씨앗

안으로, 안으로
속울음 삼킨다

씨앗 한 알 2

한 알의 씨앗이
열매를 맺지 못할 거라면
사랑하지도 않았다

줄기 하나
꽃잎 하나 줄어드는 것도
그와 같으니

사랑은 자기의
남루이며 소멸이라고

고난을 소진하면
불멸의 사랑

씨앗 속의 꽃
그리고
열매를 다시 볼 테니……

점 하나

푸른 하늘에
점 하나

쇠붙이가
광채를 뿜고

하나의
점이었다가
선이었다가
곡선이었다가
소실점으로 사라지는

사막을 뚜벅이는
낙타의 발자국처럼

모래알의 자화상이다

목련 5

바람 불고
눈이 내리는데
봄을 간직한
꽃봉오리 솟은 지 오래
스렁스렁 먹을 갈아
몇 획 그어보지도 못하고
꽃잎은 쉬이 진다

비 온 날의 질퍽이는
흙탕처럼
붉은 반점 꽃잎에 새기며
꽃잎도 그렇게 부서져만 간다

한 획 한 획 붓을 움켜쥐고
채색되어 가는 봄의 화선지

그렇게,
봄날은 간다
다시 필 목련처럼

낭주골 연가 1

'하룻밤 시름에 귀밑머리만 희어졌어라'

정인 기다리다 머리 희여진 매창
구성진 가락 구름에 띄우고

〈촛불과 슬픈 목가〉 태어난 청구원은
아직 촛불을 켤 때가 아니다고
석정은 시를 읊으며

경계의 눈초리 번득이는 돌새
마을의 안녕 지키지만
배고픈 당산은 가엽구나.

장돌뱅이 모여들던 시골 오일장
뽕짝 들릴까 말까 꾸벅꾸벅 졸고 있는 테이프
낡은 적산가옥은 철 지난 유행가

해안 단구, 화산암 습곡 절경이 1.5킬로
적벽 노을 회색 암반에 부딪혀

사랑의 변주곡 울어 울어

주름살 깊게 패인 갯벌
개양할미, 칠산바다 호령하고

곰소강 깊은 둠벙 걷다 젖은 속곳
어느 바람에 말리고 있을까

코를 찌르는 까나리 내음
곰소항을 곰 삭히네

낭주골 연가 2

굽이굽이 외 길가 고개 떨군 억새 떼
제 존재를 한껏 낮춘 바람
공空의 세계를 구현하는 폐사지는
제행무상을 설하는 대장경이다

제법성지制法聖地* 내변산
사람의 마음은
내 걸어가는 길 모양을 닮는구나.

쌍선봉 아래 월명암
번뇌 망상 눈보라에 날리며 가부좌 틀고 있네.

시비와 분별을 떨군 채
내 마음의 부처님을 보고
스스로 귀의한다는 부설거사의
열반송을 곱씹어 본다

겨울 가뭄을 잊은 직소폭포
굽은 마음을 곧은 물줄기에

던져버리는 고오귀속高悟歸俗*으로
산을 깨우고 나를 깨운다

휘몰아치는 눈보라 제백이 고개 넘어
내소사로 미끄러지니
깊은 침묵이 똬리를 튼 전나무 숲
너부스레한 이미지들 비우라 하네

문성오심 화개실신聞聲悟心 花開實新*의 명문이 새겨진 동종
길을 잃어야 닿을 수 있는 '화엄바다'이렸다……

* 제법성지: 원불교 창시자 박중빈이 기거하며 교법반포.
* 산상무쟁처: 월명암, 부설거사 창건.
* 고오귀속: 높이 깨달아 세속으로 돌아가다.
* 문성오심 화개실신: 소리를 들으면 마음을 깨닫고, 꽃이 피면 과실이 맺힌
  다.

해바라기

서로의 시선이 어긋나는 짝사랑
늘 안타깝다

나르키소스의 사랑을 갈구한
수다쟁이 요정 에코
샘물에 비친 자기 자신을 흠모하게 된
나르키소스의 외사랑도
한 송이 꽃이 되었고
큐피드의 화살을 맞은 태양신을
짝사랑한 클리티에
땅바닥에 주저앉아 하늘의 신을
눈으로만 쫓던 그의 사지엔 뿌리가 내렸고
살에서는 잎이 돋았다

움직이는 태양 쫓아
고개를 돌리는 해바라기

너는 동해의 푸른 신기를
태백의 정기로 안아

뭇 걸음 멈춰 세우는 '페로몬'*으로
굳은 결실 맺어 주렴

* 페로몬: 유인 호르몬, 동물이 분비하는 내인성 화학물질

묵향

모필 끝에서 태어난다
작은 풀잎
작은 꽃잎과도 같다

온 몸을 던져
붓을 잡는 순간
내 영혼과 의지
생명의 리듬이
하나의 선으로 엮여진다

앙상한 가지로
겨울을 나던 목련도
그 영혼만은
봄 꼭지에 어김없이 매달고 있듯

바스락거리는 향香
놓칠 수 없어
먹을 집는다

포개보렴

나무는
하늘과 땅과 몸이 포개져야
천지인을 이루고
뿌리는 땅과 포개지고
잎은 하늘과 포개지며
물을 얻고
햇볕을 얻고
꽃과 열매를 얻어
몸을 생성하나니
포개져야만
나아가고
펼치고
물러서고
돌아설 수 있구나
홀로 서 있는
나무에게
그대를
포개 보렴

감

국화가
노랗게
가슴을 여니

감이
눈에서 뽀드득 익어간다
붉게
주먹보다 크게
가지가 부러지지 않게

상강이 지났지
몸도
햇볕도
국화꽃도 시든다

감이
익어가는걸
눈[目]이 포기할 차례

눈이
눈[雪]을
맞이할 차례다

출렁이는 가을

집을 나서며
페달을 밟는 순간
메뚜기 사마귀
나비가 햇빛을 만지작거리며
가을을 호흡한다

황금물결 출렁이는 들녘에
하얀 머리 흩날리는 억새며
졸졸거리는 강물이며
피리를 낚는 왜가리며
이 모든 것들이
온통 가을을 영글게 한다

행글라이더도
고추잠자리도
더더욱
나를 반기는 것은

잔잔하기만 한

햇볕과 바람이다

자전거가 가을을 굴리며
출렁거린다

죽불竹佛

저―, 아침 대나무밭에서
유난스레 울어대는 참새 떼들
햇살이 온통
대나무 숲에 내리네

대나무 하나

얼기설기 매여 있던 집착
스물세 마디
얼었다 녹았다 비우기를
쉰다섯 마디

본래면목
도반의 참선을 통해
선의지善意志 찾아
오두막집에서 한생
해탈을 벗 삼았다

그러나 용서받기 어려운 허물

아직 벗기 어려운
일흔여덟 마디 죽불竹佛은

참숯불 속에서
무소유의 불꽃으로 타올라
무주공처 속으로 사라져 가니

아!
'무소유'여
'법정스님'의 길이여

짐

무겁든 가볍든
어매의 자궁 안에서부터
눌리고 쫓기는 삶

어깨에 매달려
다리가 후들거릴 때
눈을 뜨는

가벼운 것은 내가
무거운 것은 너에게

먼 길
애닲게 애닲게 뒹굴며
세상이 얼싸안을 것들

연기처럼 소진되기 전
한 오라기라도 풀고
가볍게 날으면 어떠리

가시밭 엉겅퀴만이 짐이랴

어둔 밤 별들이 빛난다 그리고
한목소리가 들려온다

보이는 것만이 짐이랴
보이지 않는 짐이 더 무겁다

푸른 금강송

밴쿠버
동계 올림픽의 환호성

금메달!
은메달!
동메달!

올림픽 역사상 5위라고!
전 세계가 흥분의 도가니

선수도 울고
가족도 울고
민족도 울고

대한의 금강송
온 우주가 환호성이다

눈물겹도록 올곧게 자라는
저 푸른 금강송

2부

꺼지지 않는 불꽃

길 6

산달 밭
한모서리에서
다른 모서리까지
소가 걸으며
일구는 고랑
소는 말이 없다

딸랑거리며, 때론
힘겨운 목 춤도 추지만
침묵을 깨트리는 워낭소리
쉬어가자고, 배고프다고

고랑엔 싹도 틔우니
풍성한 먹거리의 길도
또 하나의 길
산달 밭 워낭의 물결
잔잔하기만 하다

길 7

어디에도 길은 있다

눈가에
입가에
귓가에도

그리하여

허기진 바람은
두리번거리며

닫혀있는 문을
두드려 보는 것

참된
나그네의 길을

성찰

부러진 발로 러시아 소치
크로스 컨추리 10킬로를 우승한
유스티나 코발치코*

"불행한 일이 내게 일어났지만 소치에 온 것은 바로
이 순간을 위해서였다, 그리고 난 이 부상을 극복했다"

너무 착해서 밀려나 노숙인이 되고
안착해서 밀려나지 않은 나의 밥그릇에는
남의 몫의 밥이 섞여 있었네

운명 공동체인데도
늘 생기게 마련인 천적

"원수가 제 집안 식구"라던 말씀이
"원수를 사랑하라"던 말씀이……

부패의 죽음 속에는
언제나 새로운 생명의 세계가

준비되어 있다는 것을

하얀 종이에 그릴, 수 없는 사연들
기쁨이, 슬픔이 뒤범벅된 어둠 속에서
오뚝이처럼 나는 우리를 극복했지

오래된 것일수록 만져지는 세월이 있고
먼 것일수록 성찰의 깊이가 출렁거린다

* 유스티나 코발치코; 폴란드, 제22회 소치 동계올림픽 여자 10킬로 클래식
  금메달리스트

섭리이거나 선물이다

사랑에 빠진 사람은
그 누구도 왜
그 사람을 사랑하는지
설명하지 못 한다
내가 사랑하는 사람이
내겐 최고니까
설명의 한계를 벗어나지

인연 또한
운명 같기도 하고
섭리이거나 선물 같기도 한
알 수 없는 것

때로는 뒤뚱거리고 흔들릴지라도
중심을 잡고
처음으로 돌아가면
사랑은 더욱 깊어지는 것
그 사람이
당신에겐 최고이니까

저승까지 동행해야 할 것은

초심初心이라 했지

꺼지지 않는 불꽃

모두 자기가 옳다고
자기를 따르라 소리치는 세상

그러나 불을 붙이는 것도
불이 꺼지지 않도록 하는 것도
모두 중요하지만
더욱 중요한 것은
불을 붙이는 사람보다
불이 꺼지지 않도록 하는 사람이다

꺼지지 않는 사랑의 불씨도
계속 타올라야
새로운 창조가 생성되니까

불을 붙이는 것이 창조라면
불이 꺼지지 않게 하는 것은
보드라운 우리의 삶이려니

기차 역

즐거울 때
즐거움의 눈은 청맹과니 되고

행복할 때
행복의 귀는 농아자가 되며

사랑할 때
사랑의 입은 벙어리 되니

그저
스쳐 간
기차역을 바라볼 뿐

뜸

고통쯤은 참자
아픔 또한 나의 친구인 것을

허리통을 호소하기엔
너무 이른 감이 있다

수술은 치유를 꿈꾸는 것
그러나 그 후유증에
통증을 날리려고 허리를 태운다

구석진 곳까지
피가 끓도록 뜨겁게 뜨겁게

뜸 사랑,
요통을 죽이는 길

태우는 길이 사는 길이다

옥獄

강둑 언저리
백구 한 마리 빈집을 지킨다
먹는 것도
자는 것도
울안 규칙대로 다

매미가 맵게도
울어대는 삼복더위
개는 영문을 아는지 모르는지 웃고 있다

꿈은 크게 그려 볼수록
거미줄이나 투망은 촘촘해진다
그를 따려고 꿈꾸어 본 이는 안다

푸른 하늘을 볼 수 있는
조그만 창 하나
삶도 작은 감옥인 것을

밤별들

사생아로 태어나 열네 살에 미혼모가 되고
온갖 수모 겪으면서도 토크쇼를 대중화시키며
흑인계 억만장자, 신화를 일군 오프라 펠리칸

결핵성 관절염을 품고 태어난 장애인
빈민운동가 국회의원 희망 디자이너로
먹구름에 실 틈 만들어 햇빛을 흡입한 박기럭

호떡 장사에, 둥둥 북에 목줄 매고
똥물 마셔가며 폭포 찾아 소리 지르니 중풍도
나를 이기지 못했다는 적벽가 소리꾼 송꾀꼴

영양실조로 한눈 실명하고 풀떼기 맛에
고등학교 한 학년을 마치며 가시덤불 굵은 뼈 헤쳐
자기개발 프로그래머로 우뚝 솟은 최종달

가시밭길을 헤치고 기적을 이루니
새똥 같은 눈물은 반짝이는 밤별이라

어둠에 젖을수록
고난의 별빛은 더욱 빛나리니……

* 오프라 윈프리, 박은주, 송순섭, 최종택

뚝배기 1

질그릇에 눈이 꼬이더니
깊숙이 간혔던 향수
구수한 냄새를 당긴다
도톰한 뚝배기
쉽게 끓지도 식지도
조여지지도 않지
식탁은 열기를 품고
뚝배기도 나도 보글거리니
오랜 친구 같고
곰삭은 젓갈이며
사랑방의 군불이다

1,200도로 달궜으니
숨 막힐 것 같다만
긴 세월 변치 않고 숨 쉬는 식탁

향수보다 진한 향
유난히 그리워지는 것은

뚝배기 2

검붉은 뚝배기에 된장 풀고
시래기 감자 뚝뚝 썰어
자글자글 끓여놓고
별빛 아래 마당에서
손주를 기다리시던
우리 할머니

해 질 무렵 서린 바람이
고향 골 그 달콤했던
입맛을 떠올리게 한다

입가에 침을 고이게 하던
할머니의 밥
징검다리를 건너며
깨물던 숨은 가슴

어느새
아득히 눈물로 고인다

멈춤은 멈춤이 아니다

가랑비가 조인다

발길을 가로막는 지렁이
뿔도 없이 온몸으로 기어댄다

길었던 몸 짧아지고
꼬리는 정지요, 머리는 전진이다

작아지고, 길어지고
멈추고, 전진하고를 반복한다

노랑 색깔 어린이 차량이
정지신호를 눈감아 내리고

배불뚝이 신사 숙녀가
헉헉거리며 오리걸음을 걸을때

보복과 난폭운전은
죽음에 이르는 질주이련만

2보 전진을 위한 1보의 멈춤을
결행하는 지렁이의 지혜

멈춤은 멈춤이 아님을
이 아침 지렁이의 가슴팍에서

초롱초롱한 눈동자 휘 둥글리네요.

소록도

내 청춘을 통곡하며 누워 있노라

한센인의 통곡 소리
단종대에서 울부짖는다

1916년 이래 천형天刑의 섬
먼발치 눈으로만 바라보던 수탄장

인간사 그리워
아픔이 서린 곳

붉은 벽돌담, 쇠창살
감금실이 섬뜩하다

황금 편백으로 지천인
보리피리 공원 그 아름다움은
당신들의 천국일 뿐
강제노역의 슬픔 서려 있다

인간 - 세상을 향한
그리움
깜깜한데
새벽달은 알아줄까

다시 오지 않는 오늘

하루하루가 삶의
선물입니다

하루하루가 늘 새롭고
신비스럽습니다.

같은 길을 가도
늘 다른 일이 일어납니다

하루밖에 없는 하루
오늘이 지나면
다시는 오지 않습니다

그러므로

하루하루가
축제여야 합니다

오월의 가시나무새

— 5. 18 광장

소쩍궁 소쩍궁
소쩍궁새가 그날이 오면 가신님 민주님이 오신댔어요
아하 아하! 민주 열사여 이 땅에 가시나무새가 있지 않니

기억하고 싶지도 않지만
새록새록 튀어 오르는
금남로 네거리
대학생으로 보이는 청년이 군중 속으로 도주하며
김대중이 감옥 갔데, 외치자
형사들 네 사람 큰대자로 끌고 간다

우당탕탕 공수여단의 진압 작전
학생과 사람 아닌 사람 간의 밀고 당기기
뒤통수를 내리치는 곤봉
와이셔츠 붉게 물들이고
허리에 묶인 두 손 차이고 밟히고
뒤따르던 트럭은 늘어진 개구리들을 실어 나른다

죽어간 200여 구의 시체는 도청 마당에 도열 되고

틈이 없으면 굴착기 동원되어
뻗은 개구리 집어 올리듯 실려 나가
곡도 없이 어딘가의 골짜기에 묻히고 만다

독이 오른 시민군들 무기고를 털고,
버스를 탈취 '군부독재 물러가라'며
피멍으로 터진 목 밤이슬 마시며
새벽도 없이 외쳐댄다

아줌마 아저씨 가릴 것 없이
김밥 삶은 계란, 음료수 공격용 화염병 등이
데모대에 공급되니 이 모두가
자발적인 저항군이다
시외 전화도 불통이니 외부와는 단절이다

자제하라는 헬리콥터의 방송과 하늘에서의 전단
전쟁을 방불케 하더니 진압군이 속속 추가되면서
시민군의 외침은 총알받이로 꺼져 가고
아! 35년 전 그날이 또 오고 간다

민주화 운동,
학생 시민의 항쟁

"가장 위대하고 고귀한 것은 처절한 고통을
치러야만 얻을 수 있다"는 가시나무새의 영혼처럼

가신님들은 망월동 묘지에서 피어오르는
민주의 불꽃을 바라만 보고 있지 않는다

오! 애닲다
그날이 오면은……

3부

갈매기 슬피 울지 않는다

맷집으로 이긴다

수많은 복서들이
펀치로 승리하는 것 같지만
대부분 맷집으로 이긴다
맷집은
권투 선수에게만
국한된 얘기는 아니다
고통과 좌절과 실패는
누구에게나 있다
때로는 온통
피투성이가 될 수도 있고
하지만 그것은
우리의 맷집을 키워주는
훌륭한 스승이기도 하다
눈물을 아껴가며
쌉쌀한 맷집에 대해
땀방울의 용기로
맷집을 키워야지

울지마 쫄리

어머니는 울고 말았다

검은 대륙에 캄캄하기만 한 시야
동족 간 내전으로 200만 명이 죽어간 곳

가난과 굶주림이 풍요며
배고픔이 약인 곳

흙탕물을 치료제로 마시고
아이들은 폭력과 파괴를 배운다

"십자가 앞에서 주께 물었네,
추위와 굶주림에 시달리며 총부리 앞에서
피를 흘리고 죽어가는 이들을
당신은 왜 보고만 있느냐고……"

10남매 중 9번째 아홉 살 때 홀로된
엄마는 삯바느질로 모두를 키우셨다
의사 아들을 통해 영광을 보고 싶었을 어머니

미래를 보장받지 못하고 말았네.

신학생 시절 수단에 와 보았네
철저히 버려진 사람들 그러나 그들에게서
그리스도의 모습을 보았다지.

세상에서 가장 가난한 곳 톤즈에서
유일한 의사로

벽돌을 손수 제작 병원을 짓고
마을공동체에 학교를 지어 밤마다 불을 밝히고
한국에서 교복 얻어 아이들 입히며
음악으로 총 대신 악기를 들게 한
수단의 브라스 밴드—

사람이 사람으로 꽃이 되어 준
쫄리 신부 이태석*

그는 결코 울지 않았으며

그는 이미 죽었으나 죽지 않았고 영생을 얻었다

* 이태석 신부는 16차례의 항암치료를 받았으나 2010년 1월 14일 생을 마감
  했다. 그는 아프리카 남수단 톤즈로 돌아가지 못했다.

오로라*

― 피겨 여왕 김연아

레미제라블의 불꽃이 용광로에서
활활 타고 있다

엘르바시옹
트리플 악셀
시퀀스 스텝과 코레오는
수 없는 기술소와 예술소를 소화해야―
담금질한 유연성으로 아름다움으로
그녀의 땀, 눈물, 아픔이 모두 담겨
색소폰의 울음보다 선명하다
인간의 몸으로 아름다움을 좇으니
나도 모르게 터져 나오는
참 감동이 아닐까
뜨거운 것이, 보이는 것뿐일까
만져지는 것뿐일까
보이지 않는 몸속 불을 감추고 있는
그 불길
때로는 침묵으로
때로는 탄성으로 대회장을 달궜으니

우주의 오로라
세계의 오로라

* 오로라: 태양풍 입자가 지구 자기장을 따라 극지방으로 이동해서 마찰에
  의해 빛과 열을 내는 황홀한 우주쇼

징소리

멈추라는 소리

숲을 걷다가도
새소릴 듣다가도
밥을 먹다가도
징소리 울리면
눈을
입을
걸음을
귀를 멈추고
나를
돌아보는 순간이다

숨 쉴 수 있음에
동반자가 있음에
나를 사랑할 수 있음에
감사를 해야겠다
징은 아픔이 커야
더 멀리 갈 수 있듯이……

갈매기 슬피 울지 않는다

부산은 항구다
동아시아 제패를 위하여
경부선을 엮은 수탈의 전초기지
슬픈 항구였다
이민자들이
파월 장병들이
원양어선이
이역만리로 떠나고
원조물자가 들어오던 곳

거칠기도
열려있기도 한
물자가 들고 날며
사람도 들고나니 덩달아
다방도 들고 날았다
흔들거리던 영도다리
지금은 울지 않는 갈매기
광안대교의 밤 불빛 찬란하다

남태평양

— 사이판

늦가을
청둥오리들 남녘을 항해한다

간만의 차가 크지 않은 물의 몸
그저께의 모래알 제 모습이다

수평선 멀리 두 척의 배
이 섬을 지키는 군함이래

왜군의 탄알받이로 산화한 남양군도 위령탑
이역만리 찾아온 나를 굽어보네

산호초 성곽은 밀려오는 파도
숨을 죽이는 총알이다

야트막한 해저는 줄무늬들의 놀이터
카약을 저어가며 쇼를 즐겨본다

어린양들 앵두 알보다 곱디곱다

할애비 할미에게 보내는 편지
짭조름한 눈물로 쓰고 있다

유리알 같은 밤의 고요

우리 가족들 별에게 안겨주는
사이판의 산호초

그래서
또다시 찾아가는 사이판

짐 케리의 웃음

하하하……

삶의 윤활유이고
자신을 사랑하는 것이며
행복을 좇는 마중물

짐 케리*는
절벽을 마주할 때
처음엔 억지로 웃고
웃다 보니 저절로 웃음이 나왔고,
웃음으로 새로움을 찾았다

웃음 속 새하얀 피에는
킬러세포가 생성되는
신이 내려준 보약이래

달 없는 밤 자다가도 웃고
조건 없이 웃으면
연꽃도 피운다지

우리 모두
오염된 찌꺼기
털어 버리기 위해서

우– 하하, 웃고 살아요

님아

하늘이 지붕인 곳
닭 울음 명징하다

계절이 바뀔 때마다
꽃을 꺾어 머리에 꽂아주고
개울가에서 물장구치며
바스락거리는 낙엽을 던지고
눈싸움하며 눈사람도 만드는

서로 한몸이 되는
신혼 같은 노부부

산골의 정적을 지켜주는
두 마리의 강아지
절친했던 벗 중의 하나다.

꼬마 강아지 한 마리 곁을 떠나고
외짝 강아지를 바라보는 할매
머지않아 다가올 또 다른 이별이다

먹구름 휘감기나 고대하던 단비
내리지 않아 강은 메말라

이제, 할배의 기침도 천둥소리
여보, 아프지 마
혼자 그 강을 건너지 마

그 화살
내 영혼을 만지작만지작

한 풍경

노고단 내림 길에 한 여인
건장한 사내와 다툼질이다

사내가 사준 아웃도어 홀랑 벗어 던지고
이 쩨쩨한 자식아
너한테는 일백만 원짜리 휴대폰도 사줬잖아
옷 벗으라고

미인대회도 아닌데
브래지어와 삼각 팬티만 걸친 여자의 알몸
큰 키에 팽팽한 볼륨이 보기 좋다

숲 속의 깜짝 버라이어티쇼네
산새들 여기저기서 지지배배
주섬주섬 옷가지 던져주고 발걸음 옮겨
골짜기 폭포에 주저앉는 사내는
요녀를 향해 무릎을 꿇는다

자신을 세상 중심으로 생각하는 현대여성

상을 그려보는 용서의 기도인가
지리산 온갖 수목들의 눈요기가 심상치 않았겠다

졸졸졸 흐르는 물소리가 염불 소리 되고
햇볕 따뜻해지니
요녀는 연화처럼 피어나는 숙녀熟女가 되네

등산길

모악산 돌계단 길

두 지팡이가 몸을 걸쳐 매고
엉금엉금 기어오른다
피톤치드 주사를 맞으며
오르고 또 올라
대원사
부처님께 경배드리고.
내려오는 길
동행한 친구는 저만치 앞장선다.

끙끙대며 채이며
넘어질 듯 간신히 정지할 쯤
곁을 지나며 바라보던 처녀
웃음꽃이 되어준다
내딛는 걸음마다
한 아름 모악 꽃이다

칠칠이 함

순간 두 동강이다
피곤한 노을도
한시름 놓고 잠들 즈음
뭇 생명 생지옥의 함성
사십육 위의 원혼
구천에서 혈성이다
서해전西海戰으로 날아간 별 하나
복수의 꽃바람에 실려
네 개의 별로 다시 빛나네

퍼주고 뺨 맞고
눈물 감긴 씨줄
핵우산 뒤집힐까?
와르르 몸은 떨리고
그늘은 깊어만 가는데

허리 잘린 이 지체의
탈출구 수호신께 빌어보지만
지독한 목마름은
탁한 울음뿐이다

옥당골

사흘 벌어 일 년 먹고 사는
굴비의 고장, 옥당골

조기 파시로 번 돈 노리는
저잣거리 색주가
수평선 끝에서 가물거리고

걸대에 매달린 굴비 두름들
한 폭 오브제를 이룬다

"비굴하지 않겠다, 그래서 굴비라던가"
귀양살이 이자겸의 곡소리 들리는 듯하고

해풍에 말리고, 통보리 속에 저장하고,
천일염으로 염장하니 그래서
옥당골 굴비란다

거북바위, 고두섬 등 해안 절경이
갯벌 속에 한 송이 꽃이다

바닷속 끝없는 유영, 보리새우들
함지박에서 생을 즐긴다
여생을 즐긴다.

주식
— 매니저

우기에서 건기로
메말라 갈 때,
강을 건너야 한다

물속에는
목숨을 꺾으려는
무서운 존재들이 있다

네가 죽기 전
내가 먼저 죽을 수도……
삶과 죽음의 갈림길에 서 있다

구름 사이로 햇빛이 반짝인다
그리고 그 어떤 투지의 소리를 듣는다

세찬 물살을 이겨 낼 수 있는
솥뚜껑 끓는 소리
초원이라는 화려한 밥상

때로는 약한 동반자의 소멸을
멀거니 바라볼 뿐
곧 잊고서 식곤증을 삭혀야 한다

투자자들 앞에선 저 매니저
악어인지 누우인지 알 수 없다

나누다

아무리 허기진들
통 케이크를 한입에 먹기 힘들지

내 삶도 케익처럼
조각으로 나눌 수 있다면

나를 위한 한 조각
너를 위한 한 조각
우리를 위한 한 조각으로
나누고 싶다

어차피 완벽한 삶은 없는 것
서툴면 서툰 대로
서로가 주고받으며
더불어 사는 삶

오늘도 아낌없는 삶을
구워낸 조각으로 나누고 싶다

허허

머리칼은
어느 누가 간벌을 하였는지
백발 되어 해성이고

지팡이가
다리를 대신하며

아른거리는 안경 속에
멀뚱거리는 눈

굽은 허리
뼛속마저 허하구나

지는 해 등에 지니
발걸음 천근인데

허한 마음 한 짐이니
무겁기만 하구나.

4 부

길손은 정을 담고

멈춤의 미학

우선멈춤이 무한 질주에 가려
빛을 잃어 가지만
왕통*은 문중자*에서
멈춤의 미덕에 대해 훈계하셨지

스티브 잡스 역시 애플에서 쫓겨나는
강제 멈춤이 있었기에
성공할 수 있었고
초원의 왕자 사자도 먹이를 잡았지만
하이에나의 숫자에 밀리면
퇴각할 줄 안다

반대의 일치는 반대처럼 보이는
다른 편에 대한 균형으로
고급문화의 징표이며
'止와 不止'는 멈춤의 미학이다

* 왕통: 중국 수隋대의 유학자
* 문중자: 왕통이 지은 책

무로 霧露

물가루 포말로 앞을 가린다
천지가 절벽일 때
과거로부터 미래까지를
읽어 본다

눈을 감으니
존재는 실존이고 이기일 뿐
내 것이라곤 한 톨도 없다
너는 내 것이 될 수 없고
나는 네 것이 될 수 없으며
너는 너
나는 나
나조차도 나를 수박 겉핥기지

모르니까
안갯속에 살다가
그러다가
안개처럼 사라지는 거다

그러려니

미디어법* 날치기에
의원들 태극권으로 추태를 부리고

구조조정에 항거하는 노조는
화염병, 표창, 볼트총 등으로 도전하며

햇볕 손짓은 북녘의 마음을
되돌리지 못하고 남남갈등만 부추겼네

목자들은 많아도
혼탁한 세상은 정화되지 못하고

기력도 없는 어버이는
패륜아의 뿔난 칼날에 멍드니

무책임한 권리만이 판을 친다

그러려니는
면역력이 훌륭한 방관으로

무디어진 칼날이며 멀뚱멀뚱한 장님이고
비겁한 영혼의 피난처인가

* 미디어법: 방송종합 편성 채널법

탈

탈을 쓴 문명에게
들풀은 짓밟히고
온 세상
황금으로 도색되는 산하는
찌든 떼로 범벅인다

화산폭발 지진의 노여움보다
무섭게 거적이 되어가는 늙은이
탈을 쓴 아들, 며느리, 딸, 부인에게
학대 당한 지 오래
살모사에게
천지가 진동한다

늙은이의 뱃속에서는 사정없이
해일이 일 것이지만
눈 코 입은 탈을 쓴 채
유유히 살아가야겠지

사각의 난투

전쟁이 다름 아니다
공격하고 방어하고

살아남기 위해서
집을 짓기 위해서

치열한 삼백육십일 점
반상의 싸움은

결핍의 연민, 고통
바로 그것이다

미생인 채 살아가는
군상들

모두가
완생을 위해

각자의 바둑을 두고 있다

푸른 입술

입술이 터지고 말았다

멀리 있던 손주들
같은 식탁에 옹기종기 모여 있다

끊길 줄 모르는 찜통더위에
애들과 함께하는 일도 고역

그보다 더한
칠 남매 사촌이 한자리에 모인 날

천안 상록리조트 2층 침대에서
뛰어내리다 턱밑이 찢어져
피도 눈물도 아우성도
범벅이 된다

허둥대는 할머니
병원까지 동행한다
자정慈情이 별난 스러워

관심은 사랑의 절경이랄까

칼바위를 마다치 않고
손발톱 문드러져도 오를 할머니
성난 부리에 쪼이듯 부르튼 입술

하늘보다도 더
푸르디푸르다

고인돌

원시적 추억의 유적지

태고의 선사인 수백 명
거대한 바위에 달라붙어 낑낑대며
옮겨진 천장돌

생존을 위해 이곳에
모였으리라

죽음은 하나의 축제였을 것이며
다른 세상이 있음을……

한 사람의 죽음을 위해
수백 명이 울력해야 했으니

엄숙한 풍경 앞에
초콜릿으로 치장한

우리는
행복한 호모 사피엔스인가

프렁골 로맨스

하늘 아래 첫 동네
일흔셋의 봉란 씨
오 남매 잘 자라 줬으니
바랄 것 없다네
등 굽은 엄마는
호두 심어 학자금 마련하고
구멍 난 양말에 발가락이 예쁜단다

백발의 남 창생 헤어져 60여 년
피땀으로 흘려보낸 세월
보여줄 눈물도 말랐단다
만남이 섭섭하여
시간을 되돌린다면 어디쯤일까?

아무도 찾는 이 없는 산장에
그녀는 외기러기로 살아가네
삶은 터벅터벅 걸어가는
외로운 여행길

길손은 정을 담고

신령스러운 빛으로
백제 불교의 첫 가람에 사라진 흔적들……

찬바람에도 시들지 않는 모란꽃살문이 참 아름답다

일광당日光堂 창호지를 뚫는 한 줄기 빛
무명에 갇힌 내 마음 금세 환해진다

승방 앞에 놓인 고무신 한 켤레
오염된 티끌 한 자락 씻어준다

인도 공주의 사랑이 담긴 참식나무 숲
정운 스님의 그리움도 가득하다

굽이굽이 고즈넉한 숲쟁이 고개
앰브로스 비어스 말처럼
가야 할 길이 남아 있는 삶이란 얼마나 희망적인가

원불교 영산 성지, 노루목 대각 터

만고일월萬古日月 비碑가 진리를 깨달으라 일컫네.

설도항 높다란 언덕 위 순교 자리,
가장 빛나는 '소금'이리라

갈대숲이 군락으로 흔들리고 있다

부화뇌동이 얼마나 끔찍한 맹목인가를
알지 못하는 저 갈대

적폐의 마지막 길

수천억 재산가의 비참한 몰골은
구원파 교주의 최후 모습이다

천 리 도주 끝에
마지막 길은 객사라니

들짐승들의 구슬픈 곡소리에
스산한 바람만 비꼈을 뿐
외딴 매실밭의 수풀 더미엔
소주병만 백골 앞에서 운다

산산 조각난 가족
구원의 외침은 메아리로 떠돌고
맹종자들의 허망은
저승에서나 찾아야 할까

종교탄압이라고 나팔 불던 그대들
위장꾼의 절대반지에 눈이 멀어
위아래가 뒤바뀐 채 물속으로 빠져드는 세월호

적폐의 한 가닥이다

우리네 역사의 적폐가
눈앞에서 이고지고 이고지고

제자리에 되돌려 놓기란
눈, 쓰리도록 아프지 않을까

자전거

여성해방의 상징이었다.

십구 세기말
칠흑 같은 울타리 벗어 던지고
망아지처럼 사방을 누비기 시작한다.

페달 밟기 힘든 치마
너 나 할 것 없이
바지를 입어야 했다

남성들의 전유물에
칼질하는 폭발

그리고
아무도 꺾을 수 없는 열망
'자유' 달콤했다

울분의 전진 앞에
살랑임은 보이지 않고

핸들은 독립을 꿈꿨다

삶을 위해
좌우균형이 필요한 굴렁쇠
여성도, 남성도 굴렁쇠가 된다

환

지구는 둥글다

해수면상의 육지나
수평면하의 지골은
물로, 성층권으로 감춰진 원이지

둥글다는 것
원심력과 구심력으로 지탱하며
무시무종하고 지공무사한 것

파르테논 신전이나
곡면TV의 부푼 곡면은
휘어져야 공존할 수 있음을

때로는
휘어지지 않으면 살 수 없는
원만구족이 아닐까

보이면서 보이지 않고

보이지 않으면서 보이는

둘이면서 하나인
양극의 조화

환속의 굴림이며
중도의 삶이다

콤플렉스

그 가수의
웃음 뒤에는
수많은 눈물이 있었다
튀어나온 광대뼈와
사천왕의 매서운 눈꼬리는
쌓여있던 그의 속울음이다
하지만
그것이 훗날
잠재된 끼와 가창력으로
객석을 풍성한 꽃으로 채우는
가려져 있는
그의 또 다른 모습이 될 줄이야
당신을
언제
미남이라고 생각하나요
콤플렉스는
봄의 여인이 되어 당신을
다시 사랑하게 될 것이니까요

민들레2

공원 한 편
후미진 곳에 홀로 살아남았구나
하얀 관모를 흔들어대는
네, 의젓한 모습
쇠갈퀴에 긁히고
발길에 짓밟히며
끈질기게 살아남아
바람의 수련을
온몸으로 버티며
벌 나비 거들떠보지 않아도
하늘거린다

홀연히, 어둠을 이겨냈으니
버젓이 흔들어댈 만도 하구나
너 민들레야!

욘족의 삶

잔잔한 냇가, 고추잠자리
솟구쳐 오르는데
철을 꿍친 제비 볼 수가 없다

신의 저주를 받나
오늘을 사는 속인들
내일의 화褊일랑 곁눈질인가

남산에서 굽어본 서울
바위 숲은 숨통을 조인다.

찢기고 터지고 열 받는 지구
몸살을 앓지

무지한 개발 짓이겨 버리고,
맑은 물, 푸른 숲 채워보자

어플루엔자Affluenza*는 싫다

"대다수 사람들보다 더 많은 부와 권력과 명성을 얻어도
공허감은 어쩔 수 없다"는 애드워터*의 말에 귀 기울
이며

"소유는 근심이요 소박한 삶은 은총"이라는
가치 있는 욘yawns* 족의 삶에 박수를 보낸다.

---

* 어플루엔자: 미국사회의 심각한 소비병을 고발한 책, 부자 병.
* 에드워터: 1988년 미국 대선 당시 공화당 선거 전략가.
* 욘족yawns: young and wealthy but normal 젊고 부자지만 평범하게
  사는 사람. 가치있는 삶 대표주자:빌 게이츠.

브레이크

비좁은 오솔길,
뾰족한 돌 모서리를 달리는 신작로
2차선 6차선 가리지 않고
엑셀레이터의 리듬에 맞추어
춤을 춘다 전진만 하다가도
깊은 사색이 필요 없는 절벽 앞에선
이기를 힘차게 밟아야 한다
네가 있기에 온 세상을 즐기며
여기까지 왔어 못 볼 것을 볼 때는
네가 기능을 이미 상실할 때야
그 많은 시선 속에서 각박해질수록
너의 역할이 몽롱 해져서는 안돼
질주하려던 너의 꿈 타이르며
쉬엄쉬엄 가야지
브레이크는 멈춤이 아니야
앞으로 더 잘 나아가려는 동력이지

꽃무릇

꽃 색시

하늘 향한 나비 부르고

풍경소리

산사의 고요를 들으니

선운사 꽃무리

서리도록 피었다 지네

범종의 공명소리 같은 시

— 전재욱의 시세계

안　도(문학평론가)

　　매화 가지에서 눈 녹이 물이 설핏 흐르는 봄 향기 아슴한 계절에 전재욱 시인은 살아온 삶을 되짚어 본다. 지나온 삶이 황홀했지만, 평생 달려와도 도착하지 못한 길 위에 서서 주머니가 비어 있다는 걸 알아차리고 만다. 그래서 두 번째 시집을 준비한다.

　　전재욱 시인은 유서 깊은 마을의 입구에 수호신처럼 서 있는 소나무가 연상된다. 의연하게 살아가면서 따뜻한 신뢰감을 준다. 어려움을 극복하는 힘과 호방한 성품도 영락없는 소나무다. 세상이 어지러워 정의가 흔들릴 때도 절의와 명분, 지조와 의리를 지키면서 탈속과 풍류가 함의된 삶을 살아왔다.

　　맑은 물과 깨끗한 공기를 호흡하면서 풀벌레 같은 천

연의 삶을 살아온 시인이다. 시인의 삶과 사유는 언행이 일치한다. 자신의 인식체계를 수사로 꾸미거나, 이미지로 덧칠하는 것이 아니라 영감 받은 메시지를 체화된 경험과 주제가 일치되도록 일관성 있게 표출한다.

연륜이 있는 시인들의 시가 대부분 작위적이거나 상투적이거나 교훈적인 경우가 많아 팍팍하다는 인상을 지울 수 없는데 전재욱 시인의 시는 참신성이나 시의성을 가지고 삶에 대한 여유와 관조적 거리를 바탕으로 독자들의 감성을 자극한다.

전재욱 시인의 시는 과거를 천착하며 인정과 자연 그리고 향수 등 과거의 경험을 주 소재로 삼아 미래지향적으로 쓴 시가 많다. 낭주골 연가, 갈매기는 슬피 울지 않는다. 길손은 정을 담고 등 시의 제목만 봐도 거창한 구호나 미학적인 고집을 부리지 않고 생활에서 만난 시적 체험을 진솔하게 보여준다. 시인의 욕망이 영혼 깊숙이 살아 숨 쉰다는 말이다.

1. 형이상적 세계

전재욱 시인은 자연 사물 속에서 우리가 잃어버린 '깊이의 시학'을 추구하면서도, 보다 높은 정신적 차원을 지향하는 형이상形而上의 지경을 줄곧 탐색해간다. 그만큼 그는 심미적 자연을 섬세하게 돌아보면서도, 그저 풍경

에 단순하게 도취되거나 몰입하기보다는, 그 안에서 가
장 근원적인 삶의 이법을 발견하고 표현하는 시인이다.

물가루 포말로 앞을 가린다
천지가 절벽일 때
과거로부터 미래까지를
읽어 본다

눈을 감으니
존재는 실존이고 이기일 뿐
내 것이라곤 한 톨도 없다
너는 내 것이 될 수 없고
나는 네 것이 될 수 없으며
너는 너
나는 나
나조차도 나를 수박 겉핥기지

모르니까
안갯속에 살다가
그러다가
안개처럼 사라지는 거다

　　　　　　　　　　　　－「무로霧露」 전문

　누구나 자신의 미래를 내다보고 살아간다. 그런데 성
경 야고보서는 "내일 일을 알지 못 한다"고 했다. 바로 하루 앞을 내다볼 수 없는 일들을 기약한다는 것이 무모하다는 것이다. 전 시인도 '수박 겉핥기일 뿐, 모르므로 안갯속에 살다가 안개처럼 사라지는 거다'고 했다. 창조주가 원하면, 우리가 살 것이고, 또 주어진 일을 할 것이다. 우리의 인생은 햇살에 사라져 버리는 안개와 같이 잠시 와서 살다갈 뿐이라는 것을 깨닫고 메타적 시선으로 살자는 것이다.

원시적 추억의 유적지

태고의 선사인 수백 명
거대한 바위에 달라붙어 낑낑대며
옮겨진 천장돌

생존을 위해 이곳에
모였으리라

죽음은 하나의 축제였을 것이며
다른 세상이 있음을……

한 사람의 죽음을 위해
수백 명이 울력해야 했으니

엄숙한 풍경 앞에
초콜릿으로 치장한

우리는

행복한 호모 사피엔스인가

－「고인돌」 전문

이 시는 전재욱 시인의 현대사회에 대한 일종의 경고
문이다. 고인돌은 선사시대 돌무덤의 일종으로써 청동
기 시대에 주로 형성된 거석문화이다. 종교적으로 생산
과 풍요를 기원하고 태양을 숭배하는 대상물로써 또는
망자에 대한 제단으로써 집단의 결속을 다짐하고 회합
을 다짐하는 공공의 장소다.

한 생명의 죽음을 위해 수백 명이 울력하여 거대한 바
위를 옮겨 만든 하나의 축제였다. 지구상에 존재했던 인
류는 약 24종이었는데 여러 형태로 진화를 거듭하다가
유일하게 남은 것이 호모 사피엔스다. 역사학자들은 그
이유를 주검에 대한 인식 유무로 꼽았다.

『슬픈 불멸주의자』라는 책에서 호모 사피엔스만이 죽
음에 대한 인식으로 인류 문명을 움직여 왔다는 것이다.
죽음을 인식하고, 생사의 가치를 생각하는 것은 아마도
인간이 유일하다. 그런데 요즈음 엄숙한 주검 앞에 너무
가벼이 형식적인 의례로 초콜릿 치장하듯 변질되어가는
행복한 호모 사피엔스에 대한 경고메시지다.

2. 종교적 발심

전재욱 시의 곳곳에서 종교적 발심을 근저로 하고 있음을 알 수 있다. 그러나 종교적 시편들은 단순히 찬양하는 복고풍이거나, 종교적 소망사고를 표출한 체취보다는 태초 환원주의라는 프리미티브한 그의 시적 관심이 선행하고 있음을 알 수 있다. 종교적 해석을 위한 배경이나 현장으로 작용하지 않고 시로써 형상화하고자 한 시적 재구성을 위한 배경으로 선택되었음을 의미한다.

나무는
하늘과 땅과 몸이 포개져야
천지인을 이루고
뿌리는 땅과 포개지고
잎은 하늘과 포개지며
물을 얻고
햇볕을 얻고
꽃과 열매를 얻어
몸을 생성하나니
포개져야만
나아가고
펼치고
물러서고
돌아설 수 있구나
홀로 서 있는

나무에게
그대를
포개 보렴

－「포개보렴」 전문

'포개다'는 것은 겹쳐서 놓는다는 말이다. 다른 말로 바꾸면 '더불다'는 것이다. 세상에 혼자서 이룰 수 있는 것은 아무것도 없다. 성철 스님은 사바 사람들이 원래가 뿌리가 하나였듯이 더불어 잘 사는 세상을 만들기 위해서는 시비선악의 분별심도 없어져 원래인 하나로 돌아가야 한다고 했다. 잎도 지면 뿌리로 돌아가듯 원래의 뿌리로 돌아가는 것이니 이를 들어 연, 윤회, 또는 인과라 했다.

전재욱 시인도 '나무는 하늘과 땅과 몸이 포개져야 천지인을 이루고 뿌리는 땅과 포개지고 잎은 하늘과 포개지며 물을 얻고 햇볕을 얻고 꽃과 열매를 얻어 몸을 생성하니 포개져야만 나아가고 펼치고 물러서고 돌아설 수 있구나, 홀로 서 있는 나무에게 그대를 포개 보렴'이라며 세상의 시비선악의 분별심을 없애고 원래의 뿌리로 윤회하자고 권한다. 잠언의 형식을 빌려 시를 썼지만, 영혼의 깊은 곳을 들여다보고자 하는 몸짓이다

무겁든 가볍든
어매의 자궁 안에서부터

눌리고 쫓기는 삶

어깨에 매달려
다리가 후들거릴 때
눈을 뜨는

가벼운 것은 내가
무거운 것은 너에게

먼 길
애닯게 애닯게 뒹굴며
세상이 얼싸안을 것들

연기처럼 소진되기 전
한 오라기라도 풀고
가볍게 날으면 어떠리

가시밭 엉겅퀴만이 짐이랴

어둔 밤 별들이 빛난다 그리고
한목소리가 들려온다

보이는 것만이 짐이랴
보이지 않는 짐이 더 무겁다

−「짐」전문

하이데거는 "오늘날 인간은 존재를 망각했다"면서 노동과 향락으로 이루어진 삶은 공허한 무에 불과하며 삶이 풍요로워졌다고 착각할 뿐이라고 했다. 고독감, 무력감, 허무감과 삶을 짐으로 여길 수 있는 존재는 인간뿐이라면서 이 세계에 던져졌지만 나 자신이 마음대로 바꿀 수 없기에 존재 가치를 잃는다는 두려움이 삶을 부담으로 느끼게 하는 것이라 했다.

살면서 부딪치는 일 중에서 짐 아닌 게 하나도 없다. 이럴 바엔 기꺼이 짐을 짊어지자. 언젠가 짐을 풀 때 짐의 무게만큼 보람과 행복을 얻게 된다. 아프리카의 원주민들은 강을 건널 때 급류에 휩쓸리지 않기 위해 큰 돌덩이를 진다고 한다. 무거운 짐이 자신을 살린다는 교훈이다. 인생에게는 누구나 보이는 짐보다는 더 무거운 보이지 않는 짐이 있다는 전재욱 시인도 내 삶에 짐이란 삶 그 자체며 짐이 있었기에 삶에 의미가 있었고, 짐이 있었기에 휘청이지 않고 중심을 잘 잡아 살 수도 있었으니 연기처럼 소진되기 전 한 오라기라도 풀고 가볍게 날자고 했다. 긍정적이고 낙천적인 삶이다.

〈전략〉
얼기설기 매여 있던 집착
스물세 마디
얼었다 녹았다 비우기를
쉰다섯 마디

본래면목
도반의 참선을 통해
선의지善意志 찾아
오두막집에서 한생
해탈을 벗 삼았다

그러나 용서받기 어려운 허물
아직 벗기 어려운
일흔여덟 마디 죽불竹佛은

참숯불 속에서
무소유의 불꽃으로 타올라
무주공처 속으로 사라져 가니

아!
'무소유'여
'법정스님'의 길이여

− 「죽불竹佛」 부분

  법정 스님의 생애를 열반하여 입적하기까지를 죽불竹佛
로 성불했다고 했다. 법정 스님은 1912년 경남 산청에서
태어나 23세인 1936년 해인사에서 출가했다. 이후 1993
년 11월 4일 열반한 스님은 평생 산속에서 살았지만, 불
자뿐 아니라 많은 국민들로부터 존경받을 만큼 삶을 가
장 올곧게 실천한 분이시다.

전재욱 시인은 이를 스물세 마디 얻었다, 녹았다 비우기를 쉰다섯 마디, '본래면목' 도반의 참선을 통해 "善意志" 찾아 오두막집에서 한생 해탈을 벗 삼았다고 했다. 그러나 용서받기 어려운 허물 아직 벗기 어려운 일흔여덟 마디 竹佛은 참숯불 속에서 '무소유'의 불꽃으로 타올라 무주공처 속으로 사라져 갔다고 했다.

평생 철저한 수행의 삶을 살았으며, 돈오사상과 중도사상을 설파했으며 누구보다 스스로에게 엄격했던 스님은 평생 청빈함을 잃지 않았다. 더 이상 이를 데 없는 깨달음을 열어 부처가 되는 것을 성불이라 했으니 평생을 고행 끝에 열반한 법정을 죽불竹佛이라 했다.

3. 공감과 변증으로 만드는 연금술

전재욱 시인은 작고 여리고 애틋한 사물들에 대한 애정으로 물결친다. 미처 깨닫지 못한 생의 원리를 발견하여 시로 승화시킨 시적 연금술은 특이한 감성을 가졌다. 특히 두 사물을 변증하여 전혀 다른 사물로 재탄생시키는 것은 시인이 가진 장기다.

모필 끝에서 태어난다
작은 풀잎
작은 꽃잎과도 같다

온 몸을 던져
붓을 잡는 순간
내 영혼과 의지
생명의 리듬이
하나의 선으로 엮여진다

앙상한 가지로
겨울을 나던 목련도
그 영혼만은
봄 꼭지에 어김없이 매달고 있듯

바스락거리는 향香
놓칠 수 없어
먹을 집는다

-「묵향」 전문

이 시를 읽으면서 어느 밤 홀로 깨어 몇 번이고 찬물로
머리를 감아내듯 적당한 시어들을 찾아내려 애태웠을
시인의 두근거림이 금방이라도 살아날 것만 같다. 전재
욱 시인은 서예가이기도 하다. 그의 시와 붓글씨가 만나
는 것은 단지 예술의 만남이 아니라 정서와 정서가 만나
서로를 교감하는 일이다.
  작은 풀잎과 작은 꽃잎이 온 몸을 던져 붓을 잡는 순간
모필 끝에서 내 영혼과 의지, 생명의 리듬이 하나의 선으
로 엮여진다. 앙상한 가지로 겨울을 나던 목련도 그

영혼만은 봄 꼭지에 어김없이 매달고 있었기에 시인은 바스락거리는 향^番을 놓칠 수 없어 먹을 집은 것이다. 시인의 붓끝에서 묵향으로 부활하는 그의 작품에서는 다양한 자연의 얼굴이 은은한 묵향과 함께 붓끝에서 살아 숨 쉰다.

어디에도 길은 있다

눈가에
입가에
귓가에도

그리하여

허기진 바람은
두리번거리며

닫혀있는 문을
두드려 보는 것

참된
나그네의 길을

－「길 7」 전문

시적 거리 중에는 심리적 거리와 미적 거리가 있다.

위의 시 가운데 눈가에도 입가에도 귓가에도 길이 있다고 했다. 이는 심리적 거리로써 미적 관조의 대상과 이 대상의 미적 호소로부터 감상자 자신을 분리함으로써, 즉 실제적 욕구나 목적으로부터 그 대상을 분리시킴으로 획득된다. 길을 공간적 개념이나 시각적 개념이 아닌 심리학적이고, 한 개인이 자신에 대한 어떤 사적이고 실제적인 관심에서 분리되어 한 대상을 관조할 때 그 대상의 투시가 이루어진다.

길은 인류가 살아온 삶의 통로다. 길을 잃었을 때 인생의 방향을 상실하게 되지만, 지름길을 찾아 목적지에 도달하게 될 때 그 목적한 바를 성취하게 된다. 그러므로 길은 단순히 '도로'를 가리키는 것이 아니라 수많은 비유적 의미로 확장된 대표적인 단어이다.

4. 시인의 리얼리즘 시 정신

'리얼리즘'이란 문학이 현실을 반영할 때 한 사회가 특정한 시기에 직면하는 고유한 모순과 현실 운동의 본질적인 연관을 얼마나 정확하고 충실하게 반영하는가에 있다. 리얼리즘은 주체와 객체의 이분법 위에서 상대적으로 안정적인 사회적 역사적 현실과 그에 대한 인식능력을 소유한 주체를 요구한다. 이는 주체와 객체의 동일성, 말하자면 인간이 사회적 역사적 현실을 만들어 낸

주체라는 점을 전제로 한다.

　그러나 한편에서는 한국 근대 리얼리즘 시의 미학을 '비극성'과 '동일성의 미학'으로 탐색했다. 즉 근대 미학의 '동일성'과 '타자성' 지향 중 강렬한 자기 동일성을 띠면서 진보주의의 한 축을 담당했던 리얼리즘 시의 역사적 전개와 그에 대한 반성적 탐색이 있어야 한다는 것이다. 전재욱 시인은 이런 거창한 이론에 기대지 않더라도 현실 문제 또는 사회상을 사실적으로 그려냄으로써 현실 비판적인 관점을 지니고 있다. 즉 사회 고발이라는 역할도 수행한다. 이런 시인의 마음은 우리들이 살고 있는 사회에 대한 애정의 표현이다.

　　〈전략〉
　　민주화 운동,
　　학생 시민의 항쟁

　　"가장 위대하고 고귀한 것은 처절한 고통을
　　치러야만 얻을 수 있다"는 가시나무새의 영혼처럼

　　가신님들은 망월동 묘지에서 피어오르는
　　민주의 불꽃을 바라만 보고 있지 않는다

　　오! 애닯다
　　그날이 오면은……
　　　　　　　　　　　　　　　　　　－「오월의 가시나무새」 부분

우리 기억에서 사라질 수 없는 핏빛으로 물들었던 1980년 5월 금남로 거리 5.18 민주화 운동을 전재욱 시인은 「오월의 가시나무새」로 형상화했다. 가시나무새는 일생 동안 단 한 번 노래하는 전설상의 새다. 그런데 그 노래가 세상의 그 어떤 새의 노래보다도 아름답다. 이 새는 둥지를 떠나는 순간부터 가시나무를 찾아다니다가 힘겹게 가시나무를 찾아내면 그 거친 가지 사이에서 노래를 부르다가 가장 길고 날카로운 가시에 스스로의 몸을 찔러 박아 죽게 된다. 이때 아픔을 이겨내고 부르는 노래가 그렇게 아름답다고 한다.

쓰러진 자는 다시 일어나 이렇게 외친다. 우리는 무엇을 보았는가. 전재욱 시인은 가시나무새처럼 '민주의 승리'라는 가장 아름다운 노래를 들려주기 위해서, 더 찬란한 역사가 빛으로 승화될 노래를 위해서 자신을 희생하는 가시나무새를 등장시킨 것이다.

멈추라는 소리

숲을 걷다가도
새소릴 듣다가도
밥을 먹다가도
징소리 울리면
눈을
입을
걸음을

귀를 멈추고
나를
돌아보는 순간이다

숨 쉴 수 있음에
동반자가 있음에
나를 사랑할 수 있음에
감사를 해야겠다
징은 아픔이 커야
더 멀리 갈 수 있듯이……

- 「징소리」 전문

징소리는 전체적으로 웅장하고 육중한 맛이 있고, 끝여운이 길게 뻗어 나가다가 하늘로 치솟는 듯하다. 징소리는 인간 세상의 뜻을 하늘에 전하는 소리이며 이 시대에 세상을 향해 울리는 외침이다. 그래서 모든 시작과 끝을 알리는 상징이 되었다.

전재욱 시인은 이 시에서 징소리를 멈춤의 미학으로 등장시켰다. 살다 보면 가끔씩 나도 모르게 멈추어질 때가 있다. 황석영 소설가도 멈춤의 리얼리즘은 그 자체로서 가장 적절한 '세상의 거울'일 수도 있다고 했다. 현자들은 가끔 때를 알고 멈춘다. 수행자인 스님들도 겨울과 여름에 안거에 들 듯 에너지와 열정을 아주 작게 쪼개고 또 쪼개면, 마침내 맨 마지막 남는 것은 멈춤이다.

5. 시적 대상의 심도 깊은 탐색을

전재욱 시인의 시를 그의 시적 진실이나 본질에 접근해 보았다. 문학이 궁극적으로 추구하는 것이 그러하듯 문학은 끊임없는 깨달음을 이루어 가고, 감춰진 사실들을 밝혀내는 일이며, 그를 수용하는 과정이다. 바람이 스치면 물결이 일렁이듯 인간도 어떤 사물을 접할 때, 물결이 일 듯 감정이 인다.

시란 어디까지나 인식하면서 그것을 다른 그 무엇으로 바꾸며 형상화하는 것이다. 즉 바뀐 그 무엇이 바로 형상이다. 구체화하는 힘, 형상을 꾸미는 일, 형상하는 힘 그것이 바로 인식인 것이다. 이와 같이 무엇인가를 보아내는 것이 다름 아닌 상상이다. 이 과정을 통하여 형상이 날개를 펼친다. "블래이커"는 사물은 눈을 통하여 보는 것이지 눈을 가지고 보는 것은 아니라고 말했다.

전재욱은 시의 통속성을 피하기 위해 대상을 심도 깊은 탐색을 했다. 시적 대상을 보여 지는 대로 전수한다면 사진을 찍는 것과 무엇이 다르랴. 다시 말하면 현실 세계를 또 다른 세계로 새롭게 창조하는 일이다. 전재욱의 시에서 보는 것이란 바깥을 보면서 또한 안을 내밀하게 들여다보는 일이었다. 그러기에 그의 시는 자신을 비춰보는 거울과 같은 것이었다. 나를 본다는 것은 결국 나 자체를 보는 것이 아니라 거울에 되비친 나를 보는 것이다.

평설이란 형식의 글을 쓰다 보면 흠결 아닌 흠결들을 귀한 창작물들에서 억지로 끄집어내는 경우도 있다. 그러나 전재욱의 시들을 읽으면서는 즐겁고 신선한 경험이었음을 고백하면서 글을 마친다.

전재욱 시인의 시는 답답하고 혼미한 이 시대에, 막힌 곳을 뚫어주는 소통의 시심으로 다가온다. 따뜻한 서정이 승화된 '공존의 미학' 세계라는 데에 이견이 없을 것 같다. 범종의 공명처럼 널리 퍼져가길 바란다.